쓸쓸하게 화창한 오후

신형식 시집

쓸쓸하게 화창한 오후

모악

시인의 말

세 번째 시집을 낸 지
이십여 년이 지났다.

강의와 연구 등에 사로잡혀
시를 가까이 하지 못한 지난날이
참 아프다.

틈틈이 써둔 시를 모아보니
오십여 편쯤 된다.
오랜 기간에 걸쳐 쓴 시들이라
철지난 옷처럼 추레하다.

그러나 어쩌랴,
이것도 내 삶의 일부인 것을……
독자들의 혜량을 구한다.

2019년 9월
신형식

차례

시인의 말   5

1부 세상의 온갖 소리

이팝나무   13

봄에게 묻다   14

폭리   15

$E=mc^2$ 16

손톱 달   17

장대높이뛰기   18

MT   19

골프 퍼팅처럼   20

소리   21

은행잎 편지   22

는개   23

비 오는 카페   24

기차를 노래하다   25

2부   묘향산 소풍

매미   29

남과 북   30

북한 방문기   31

백두 밀영에서   32

청천강   33

묘향산 가는 길   34

민족작가대회 후기   35

백두산 등정기   36

지리산 칼바람   38

상항에서   39

연구년을 마치며   40

마지막 잔소리   41

시 같은 하루   42

내가 쓰는 시   43

3부 초롱초롱 빛나는 밤

쓸쓸하게 화창한 오후   47

너는 누구냐   48

빠라과조 호세   49

빠라과이 천사 파티   50

행복한 노부부   52

시시콜콜 비망록   54

천하장사   56

사십 년 고질   57

와라느씨 행 릭샤   58

머니꺼르니까 가트   59

카르마   60

카트만두   61

피에르 롯티 차이에비   62

4부 빙하의 한숨

집시 여인 67

설국 기행 68

안달루시아 69

신들의 전쟁 70

코렐리의 터키 71

마추픽추 72

비라코차 73

와카티푸 74

뮬러 75

테 아나우 76

록키산맥 77

셀주크 투르크 78

밴프에서 재스퍼까지 79

어둠 사르는 등불이여 80

해설 숭고를 향한 시적 에피파니 | 문신 82

1부
세상의 온갖 소리

이팝나무

이팝나무 서리서리 꽃송이
아스팔트 위로
집단 투신한 뒤
표창처럼 나를 노리고 있다
눈물 글썽이는 눈
하얗게 흘기며

봄에게 묻다

아직도 싸늘한
이월 어느 날

안 올텨?
— 가야제

긍게 언제?
— 금방

왜 이리 굼떠?
— 쪼매 더 간절해질 때까지

그려 그거시 좋겄네
세상 일 모두가
때와 철이 맞아야 허니께

폭리

어머니! 저 윤확이에요
— 응, 그려 아들, 딸꾹

잘 주무셨어요?
— 그려 니 덕분에 잘 잤제
　암껏도 걱정 말어라

네, 그럼 어머니 안녕히 계세요
— 응, 그려 끊어, 콜록
네, 어머니

삼십초 투자해서 온종일 행복하기
수지타산 삼천 배씩이나 남는 장사

---

*하루 24시간=85,400초=30초의 2,880배
*윤확은 저자의 아명(兒名)

$$E=mc^2$$

소싯적 그믐날 초저녁
작은누나랑 보건소 가는 길에
신작로를 지나가는 불 작대기 보았다
이튿날 그 불이 아랫동네 죽은 노인의
혼불임을 알았다

그렇다
빛(c)은 항상 무언가(m)의 소멸로 비롯되므로
빛 뒤엔 무無

빛이 비치는 온 공간에
에너지(E)는 보존돼야 하므로

무언가 소멸된 빛의 존재를 증명하기 위해
또 한 장의 빛이 필요함을
일석 공公은 이백 년 전 알아채서
세상을 밝혔고

나는 그저 혼비백산하고 말았다

손톱 달

설 명절
국수 삶은 냄비 어설프게 설거지하다
바닥에 달라붙은 국수 가닥 깜밥
오른손 엄지손톱 밑에 박혔다
홍두깨만큼 부어오른 엄지에
덜렁덜렁 매달려 있던 손톱
시나브로 빠진 지 반 년

추석 명절에 다시 보니
반달만큼 자랐다
내 사는 것도 이와 같으니
떠난 만큼 돌아오고
빠진 만큼 채워졌다
그 사이 통증처럼 시간이 흘렀다
내 손톱에도 추석달이 떴다

장대높이뛰기

앞으로 내닫다가
홀연 하늘로 솟구친다
수평과 수직의 균형
조화를 견지해야
통과를 허락하는 막대가
허공에 떠 있다

신들의 도시 아테네
러시아 선수 옐레나 이신바예바
허공의 장애물 통과하기
누구보다 높이 날아올랐다

세상만사 다 그러하듯
뛰어넘어야 할 속박이
어루만져야 할 상처가
거기에 걸려 있다

MT

　요즘 대학 MT마다 단골메뉴로 등장하는 나이트클럽 순례는 참말로 황당하이. 학생들로선 오두마니 앉아 있는 지도교수 보기가 처량해서일까. 이따금 격렬한 춤 틈새로 후다닥 달려와 건성으로 한 잔 따르네. 무료하던 차 고마워서 반 배하면 호떡집에 불난 듯 단숨에 들이키고 말이라도 붙일세라 황급히 떠나고 나면 남는 건 즐비한 술잔 뿐. 이잔 저잔 놓고 간 아이들 이름이 허름한 탁자에 오락가락하면, 무거워진 눈꺼풀 부릅뜬 눈 속에는 큰방에 둘러앉아 열변 토해대던 내 대학시절이 얼비친다. 눈치 보는 아이들 부담 덜어주려 고단한 몸 이끌어 오늘만 살 듯 춤추는 틈에 끼어 구성없이 몸 부림 치다 보면, 빈 술병처럼 너저분하게 교수답지 못하다고 흉잡히는 내 신세. 아흐!

골프 퍼팅처럼
— 정년퇴임을 앞두고

삼가 예의 갖춰 학생들 정갈하게 대하고 자욱한 잡념 삭제
하며 한편으로 치우침 없이 경건한 자세 유지하고
동료교수 눈치코치도 보며 학부형의 달콤한 유혹과 세상
사 분주한 소음 콧등에도 흔들리지 않고 무념무상 정신일도
해야 처량한 쓰리 퍼팅 면하듯

영예로운 정년퇴임은 골프 퍼팅처럼 온다네 그려

소리

이른 봄 깨우는 계곡 얼음장 밑 물소리
늦봄 나른한 오후를 건드리는 꿩 울음소리
한여름 함석처마를 달리는 소낙비 소리
늦가을 소소리바람에 낙엽 뒤척이는 소리
한겨울 칼바람에 댓잎 사각거리는 소리

아기 어르는 엄마의 혀짜래기 소리
화답하는 아기의 까르르 웃음소리
응석부리 손주 달래는 할아비 코맹맹이 소리
다정한 연인들 귓속말 속삭임 소리
길조심 당부하는 노모의 웅얼웅얼 잔소리

재잘재잘 참새들 수다스런 지저귐
새벽 고요를 적시는 뻐꾸기 애잔한 탄식
석양을 물고 사라지는 까치 노랫소리
초저녁 쓸쓸함을 새기는 소쩍새 울음소리
한밤중 그리움 파동 치는 부엉이 소리

내가 사는 세상에는 온갖 소리들이 자란다

은행잎 편지

가을편지 부치러
우체국 다녀오다
교정을 거닐었다

추워진 날씨 탓일까
단풍잎은 한숨으로
은행잎은 기다림으로
울퉁불퉁 물들고 있다

그대 따듯한 품속이
유독 그리운 까닭은
스산한 날씨 탓일까
쓸쓸한 낙엽 탓일까

가을편지 답장 올 때까지
내 마음 속 낙엽 한 장
조금씩 물들어 가고 있다

는개

모든 게 불안하던 시절
청춘의 뒤안길에서 우연처럼 만나
슬금슬금 흉금을 주고받다
꿈결처럼 사라진 그대

알 수 없는 안개처럼 다가왔다
무중력 상태로 증발해버린 그 시절
기억할 수 없는 꿈같은 날들은
안개비였던가 는개였던가

아리잠직한 봄밤의 꿈처럼
방향을 가늠할 수 없었지만
차라리 생을 관통하는 세찬 빗줄기였다면
지금 행복하다 말할 수 있을까

는개, 그대여

비 오는 카페

추적추적
온종일 비가 내리네
곰실곰실
세상은 모처럼 수더분하네
잦아들기 좋은 이런 날
창밖 풍경 펼쳐 놓고
바닷가 외로운 카페에 스며들어
하얀 치아로 소리 없이 웃어주는
그대와 마주 앉아 마시는
붉디붉은 와인

피가 될랑가
독이 될랑가

기차를 노래하다

빠름이 꼭
정의는 아닐진대
'빨리빨리'를 숭배하던 시절

화포처럼 괴성 지르며 등장했던
레일 위 호텔, 새마을호
고속철도에 밀려
쉰 살도 못 채우고 퇴역한단다

너무 빨리 가지 말자고
빨리 가는 것은
빨리 사라질 것이니
갈팡질팡 천천히 가자고

헛헛한 이 지상
글쎄 느리게 가자고

쉬엄쉬엄 지나가던
쓸쓸한 소가 길게 하품을 한다

2부
묘향산 소풍

매미

일생 동안 딱 한번
기회를 잡기 위해
가없는 기다림 끝에
목놓아 울다가
떠나가는 생명

뙤약볕 여름 한낮
그 자지러지는 숭고함

남과 북

이놈의 겨울은 왜 이리 긴가
개나리 진달래 어서 빨리 후딱후딱
남과 북 온 산천에 무진무진 피어나고
꽃향기 땅 속 깊이 스며들어
동강난 백두대간 따라
달래 냉이 씀바귀 피워 올릴 때
그게 언제일까
세상은 이리 밝은데
눈보라는 왜 아직도 뒤숭숭할까
아 긍게 언제까지

북한 방문기

항일무장투쟁전적지 백두산 밀영을 향해 흙먼지 풀풀 날리며 버스는 끄덕끄덕 달린다. 수행자처럼 피곤한 걸음걸이로 먼지 피어오르는 길을 끝없이 걸어가는 남루한 옷차림의 군인들. 길가 풀숲에 앉아 땀을 말리고 있는 동네 처자들 흙먼지도 아랑곳없이, 선생님 질문에 "저요! 저요!" 초등학생처럼 번쩍 손 들어 흔드는 모습에 가슴이 뭉클하다. 갑자기 소나기 한 줄금 흩뿌린다. 아하, 흙먼지 뒤집어 쓴 생물들 이렇게 매일 몸을 씻누나. '백두산은 나의 고향입니다' 팻말 옆에 산나리의 보랏빛 꽃잎, 홀연 생뚱맞다.

백두 밀영에서

우중충 비 그치자 초록이 눈을 찌른다. 들꽃 전문가 김해화 시인이 설명한다. 노랑 곰취꽃, 하양 강활, 우정금, 쥐손이꽃, 벌깨등골, 산꿩다리, 금잔화, 미나리아재비…….

원옥진 안내원 동무도 설명을 거든다. 남측에서는 들꽃들이 철따라 피는지 모르겠습네다. 하지만 이곳 백두산에는 봄꽃, 여름꽃, 가을꽃 할 것 없이 모조리 7, 8월에 피지요. 그것도 서로 앞다투어 한꺼번에 꽃피운단 말입네다. 일거에 감칠맛 나는 말투로 오금을 박는다.

청천강

　청천강이 제 속살을 숨김없이 보여주고 있었다. 안주평야의 젖줄 청천강은 수량도 풍부하고 이름만큼 깨끗해 보였다. 남측에는 이미 사라진 수십 년 전의 무공해 시절 옛 모습 그대로였다. 강과 함께 달리는 내내 곳곳에 낚시하는 아바이들, 멱 감는 어린이들, 빨래하는 아낙들이 풍경이 되고 있었다. 흙 내음, 물 냄새, 하늘 빛깔, 땅 색깔. 오감 아니 육감으로 전해오는 확신. 그렇다! 여기는 우리 땅이다.

　나는 세월을 거슬러 30년 전 내 고향 언저리에 와 있다.

묘향산 가는 길

남북 작가 이백여 명
선도차 한 대, 승용차 두 대, 버스 네 대
오순도순 나눠 타고
묘향산으로 소풍 간다

대동강이 살찌운 평양평야
청천강이 키우는 안주평야
어우러진 산하
경지 정리로 시원스런 들녘
비산비야非山非野 너머
소나무 숲, 기와집
참나무 숲, 초가집
내 고향 풍경들이
출렁출렁 흘러간다

청천강에는 물고기가 뛰고
검열 없이 입북한 백로가
날개를 접는 안주 벌판에
석양이 유난히 곱게 물든다

민족작가대회 후기

평양 순안공항을 이륙한 비행기는 공해公海를 ㄷ자 그리며 돌아왔음에도 불구하고 한 시간도 안 되어 인천공항에 착륙한다.

활주로에 안착하자 터져 나온 우렁찬 박수 소리는 무슨 의미일까. 계획대로 끝난 민족작가대회를 자축하는 것일까.

언제 그들을 다시 만나볼 수 있을까. 백두산 천지에서 천지신명께 드린 맹세를 지키기 위해 나는 무엇을 해야 하는 것일까.

귀향하는 리무진 안에서 내내 말을 잃고 침묵하였다. 나는 과연 무엇을 할 수 있단 말인가.

백두산 등정기

남북의 작가들 서로 손을 나누며
배달민족의 성산, 우리 민족의 뿌리,
칠천만 겨레의 자존심, 백두산에
만리운해萬里雲海 천리수해千里樹海를 뚫고
허위허위 올랐다

백두에 동 튼다
빛살 한 줄기 백두연봉 타고 날아 와
풀잎마다 돌멩이마다 얼비친다
남측 고은 선생 "이대로 쪼개진 절반짜리로는 더 이상 못
살아" 울부짖으니
　북측 소설가 홍석중* 선생 "한 마디도 더 보탤 게 없다" 화
답하고
　북측 박경심** 시인 "이 하루에 천년만년 담고 싶다" 아니리에
　안도현 시인 "백두 한라 상상봉에 그대의 붉은 가슴 보인
다" 추임새 절묘하다
　북측 오영재*** 시인 "정답게 잡은 손, 굳게 잡은 손, 놓지 맙
시다" 외장치자
　고 김남주 시인 지하에서 벌떡 일어나
　'빨치산의 딸' 정지아 소설가의 입을 빌어 "조국은 하나다"
못박는다

향도봉 위로 솟구친 해님과
장군봉에 매달린 저 달님은
백두연봉 둘러 세우고 천지신명 입회하에
분단 60년 맺힌 한을 떨치고
거룩한 통일문학의 새벽을 열었다
남북 문학 한 줄기로 합쳐지는 새 지평을 열었다

　　백 · 두 · 산 만세!
　　민족문학 만세!
　　조국통일 만세!

---

*벽초 홍명희의 손자이자 김소월의 처질, 소설 「황진이」로 2004년 만해문학상을 수상했다.
**『삼본의 봄노래』, 『아기 앞에서』 등의 시집을 펴낸 여성 시인.
***전남 강진 출신의 계관 시인이자 노력 영웅.

지리산 칼바람

엉켜버린 삶의 실마리를 찾아
지리산을 오른다
나무와 바람이 서로 껴안고
밤새 흐느끼는 장터목산장
칼바람 정면으로 버텨 온 고사목은
어지러운 세상에 던지는
결연한 교시
신새벽 수도자처럼 산길을 타면
희망이 떠오르는 천왕봉
숨죽여 우는
귀신의 곡소리
유령의 숨소리
이 땅에 평화 깃들라고
배달민족 행복하라고
지리산 골골마다 낭자하다

상항桑港에서

잠깐 떠나온 한국이
문득문득
왜 이리 사무치게 그리울까

황토땅 전라도
초롱초롱 학생들
시시껄렁 친구들
전주천 왜가리
효자동 막걸리
덕진벌 은행나무

아, 구순의 늙은 울 엄니

연구년을 마치며

무술戊戌년 유월 그믐 밤새 아내와 이삿짐 싸고 잠동사니 쓰레기 버리러 신새벽 인적 끊긴 마을길 걸으니 소싯적 신산한 삶에 지쳐 칠흑 같은 그믐밤 골라 고향땅을 야반도주하던 이웃들이 문득 떠오른다

이곳이 그만큼 정들었을까
다시 올 날 기약할 수 없을 만큼
내 나이 많아진 탓일까
오늘따라 마실길이 유난히 어둡다

마지막 잔소리

아빠를 좋아하고
엄마는 제멋대로 여기고
담임선생을 은근히 두려워하는
게임 천재, 만화책 도사
외자식 신지호

눈 한번 감았다 뜨는 새
육척 거구로 자라
지애비랑 학교도 전공도 똑같더니
어느새 공학박사 되었네
이제 서른 넘겨 장가는 가려나보다

아들아,
그동안 잘 커줘서 고마운데
마지막 잔소리 한마디 하마
부디 손주만은
주렁주렁 낳아주기 바란다

시 같은 하루

하도 시가 안 돼
시를 생활화해보기로 했다

많이 생각하되 군더더기 빼기
절제하여 긴장감 유지하기
독자 앞지르지 말기

......

그러다보니 참말로 할 말이 없고
할 일 또한 하나도 없다

피곤하다 못해 밥맛도 달아난다
무엇보다 주위 사람을 불편케 한다

하루 만에 포기했다
허참, 그냥 매급시 살아야겠다

내가 쓰는 시

거창한 철학은 없지만 세상을 아름답게 하는 시

실의에 빠진 이들에게 구명정 같은 시

칠흑 같은 밤 한 줄기 등불 같은 시

핍박 받는 이들에게 따뜻한 위로가 되는 시

갇히고 고립된 자들에게 징검다리와 통로가 되는 시

내몰고 내몰리는 자들에게 화해와 용서를 알려주는 시

우울한 영혼에게 상큼한 바람 같은 시

쉽게 읽히지만 마음이 편해져서 저절로 미소 짓게 하는 시

힘들 때마다 문득 떠올라서 입가에 맴도는 시

죽기 전에 그런 시 한 편 쓰고 싶다

3부
초롱초롱 빛나는 밤

쓸쓸하게 화창한 오후

섬진강 발원지에서 멀지 않은
관촌 방수리로 천렵 가던 날,
말복 뙤약볕이 뜨거웠다

반세기만의 족대질

마음은 소년시절
고향땅 추령천에서 심심찮게 잡아 올린
팔뚝만한 쏘가리, 메기를 꿈꾸었으나
몸과 발처럼 족대질도 노쇠한 탓일까
올라온 건 손가락만한 피라미가 고작일세

바람 시원한 다리 밑에서 보낸
쓸쓸하게 화창했던 어느 날 오후

너는 누구냐

겨울 눈 속에 피어나는 설중매
이른 봄 하얀 등불 켜드는 목련
평생 꽃과 잎 만나지 못하고 사모하는
꽃무릇도 내 아는데

한여름에 피어나 무성한 잎마저 압도하는
꽃의 도리도 모르는 주제넘은 꽃
도대체 너는 누구냐

고국에서 이역만리 떨어진 땅에서
네 정체를 찾아 도서관 헤매다가
너만큼 어여쁜 사서에게
초콜릿을 선사하고 네 이름 찾았도다

너는 바로 올리안더
어쩨 수상하게 낯익다 했더라니……

아니다, 너는 결코 올 씨가 아니다
고향에서 네 이름은 협죽도란다

부디 자중자애 하거라

빠라과조[*] 호세

빠라과이 북부 차코 지방 초등학교 교장인 호세는
이십 년 전 파티마(파티)와 닐사와 양다리 연애를 하다
결혼상대로는 소 떼를 달고 오는 파티를 간택했다네
결혼 후 세 달 간격으로 두 여자가 딸을 출산했는데
이름을 똑같이 하스민이라 했다는군

아버지 피를 이어받은 하스민들은
타고난 연애질 재능을 충실히 발휘하여
약속한 듯 열일곱 살과 열여덟 살에 첫아이를 낳았다네

바람둥이 호세, 파티랑 혼인관계 유지하며
24년째 근무하는 차코에서 다른 여자와 동거하며
일곱 살 난 딸이 있다는 비밀이 최근 들통 났다네
이런 비밀은 빠라과이 정서상 전혀 놀랄 일이 아니라네
2020년 퇴직해서 몸만 훌쩍 누에바 이딸리아로 빠져나오면
자식 부양의 소임은 별 반발 없이 동거녀 소관이 될 테고
파티도 돌아온 탕아를 내치지 않을 요량이라네 그려

---
[*]빠라과조 : 빠라과이인 남성

빠라과이 천사 파티[*]

빠라과이 마흔둘 초등학교 여선생 파티는
친정엄마가 여덟째 아이 낳다가 돌아가신 후
맏딸로서 아버지 모시며 동생들 잘 건사하여 출가시키고
여동생 셀레스테(셀레)와 같은 학교 교사로 근무 중이라네

파티는 스물둘에 여섯 살 연상의 호세와 혼인하여
두 딸 하스민과 벨렌을 두었네
열아홉 큰딸 하스민은 열여덟에 고교 동급생과 연애하여
딸 소에를 낳고
현재 현역 군인인 작은아버지 부인이 경영하는 회사에서
일하고 있다네

셀레는 동료 교사인 민속무용단원 멋쟁이 프레디와 결혼
하여
딸 마가릿을 낳고 잘 살다가, 아뿔싸
열네 살 제자와 사랑에 빠져 딸 비앙카를 임신했다네
이러쿵저러쿵 프레디와 헤어지고
씨 다른 마가릿과 비앙카 기르며 독수공방하고 있다가
현재는 또 다른 남자의 아들을 낳았다 하네

아빠가 다른 세 아이는 셀레 슬하에서 행복하게 자라고 있고

파티와 셀레와 프레디는 지금도 같은 학교에서 은근슬쩍 눈치 보며

모름지기 학생 교육에 성실히 임하고 있다네

---

*작은누나 신혜원 선생은 초등학교를 정년퇴임하고 KOICA 봉사단원이 되었다. 빠라과이의 누예바 이딸리아에 있는 에스타니슬라오 사나브리아 초등학교에서 2년간 봉사하고 최근에 귀국했다. 이 나라는 전통적인 가톨릭 국가여서 낙태를 할 수 없어 아이들을 많이 낳고 있다. 남녀 할 것 없이 열렬한 사랑에 빠져 미혼모가 아주 많다고 한다. 일찍부터 아이를 낳기 시작하니 할머니, 엄마, 딸이 같이 임신하고 있는 건 다반사, 남자들은 대부분 처가살이를 하다가 싫증나거나 딴 여자가 생기면 훌쩍 떠나버린단다. 아빠가 서로 다른 아이들은 너나 할 것 없이 엄마가 기르며 양육비를 주는 문화도, 떠나간 아이 아빠를 원망하는 일도 드문 게 빠라과이 정서란다. 이 시는 내가 빠라과이 여행 중 파티의 가족으로부터 초대를 받아 만난 경험과 누나에게 전해들은 사연을 모티브로 삼았다.

행복한 노부부

하비에르(84세)와 넬리(78세)는
주렁주렁 4남 3녀를 두었다네
애재라, 큰딸은 일찍이 사망했고
무자식의 호젓한 막내딸이 남편과 함께
친정부모를 봉양하고 있었네

몸집 좋은 하비에르는 고혈압과 당뇨가 있어
그래도 자식들 극진한 보살핌 덕분에
유유자적 행복한 노년을 보내고 있었네

토요일 오후, 광활한 목장 안 넬리-하비에르 집에서
셋째아들 호세의 누나 아나의 생일잔치가 열리고
이방인 우리 남매 부부는 그 가족 축제에 초대 받았네

누대에 걸친 피땀이 서려 있는 목장 구석구석 둘러본 후
기쁨처럼 축포처럼 석양이 빛나는 저녁
우리는 전통 녹차 마테를 돌려 마시며
맨땅의 응접실에 둘러 앉아 정담을 나누었네
빠라과이 대표 음식 소고기 직화 소금구이
아사도를 함포고복하며 우의가 두터워졌네

외지에 흩어져 살고 있는 피붙이 자식들이
일과 후 부모를 찾아 옹기종기 모여들어
흥겨운 가족 파티가 낭창낭창 밤 이슥토록 이어졌네
초대 손님 눈치 아랑곳없이 시원시원
성심껏 베푸는 접대가 맘에 쏙 들어서
초롱초롱 별이 빛나는 밤 내내 겁나게 행복했다네

시시콜콜 비망록
—비명횡사한 흑곰의 명복을 빌며

1994년 6월초 모처럼 연휴를 틈타 미국 동부 최북단 메인주 아카디아 국립공원까지 왕복 600마일 대장정에 올랐습니다. 한 차에 동승한 두 가정 여섯 명 일행은 한 시간 넘도록 수다를 떨다가 깜박 졸고 있던 참입니다. 길은 어둑해졌고 사위는 고요했지요.

버몬트주 I93N Exit42 부근 질주할 때입니다. 간간이 멀리서 총소리가 허공을 갈랐습니다. 섬뜩한 소리 피해 고속도로 가로지르는 흑곰을 속수무책 그냥 들이박고 말았습니다. 흑곰은 새처럼 날아가 길옆 골짜기에 꼬라박히고 범퍼가 절단난 차는 보닛이 일어섰습니다.

일행들은 내 말을 믿으려 하지 않았지요. 범퍼와 길바닥에 흩뿌려진 검은 터럭을 보고서야 뒤늦게 혼비백산 하였습니다.

흑곰의 사체를 찾아 골짜기 수색하며 경찰은, 겁 없이 직진으로 곰을 들이받은 내 운전 기량을 극찬했지요. 나는 모두에게 우라질 퍽 민망했습니다.

다음날 지역 신문에 대서특필 되었어요. 한국인 일제차로 400파운드짜리 미국 흑곰 물리쳤다고.

시방도 곰과의 인연이 그쯤 끝난 것이 아쉽습니다. 사건 일주일 후 경매에 붙여진 그 곰을 매수하려 했으나 아내의 극력 반대로 뜻을 이루지 못했습니다. 명약 천연웅담도 함께 날아갔습니다. 삼가 흑곰의 명복을 빌어마지 않습니다.

천하장사

20여년 만에 미국에 건들건들 하늬바람으로 또 왔습니다. 허약한 꿈이나마 누릴 집을 임대하고 가구를 장만하였습니다. 소파, 침대, TV를 어기영차 2층집으로 옮겼습니다. 아내는 결혼생활 30년 내내 장바구니도 무겁다며 들지 않았습니다. 근데 실은 괴력의 소유자라는 것이 들통나버렸습니다. 말년에 참말로 조심해야겠습니다.

사십 년 고질

　사반세기 만에 또 한 번의 미국 생활이 확정될 즈음, 사십 년 전 본의 아니게 취득한 미국산 고질을 일망타진하기로 작심하였습니다. 흡연은 십 수 년 전 아들과 쌍무약속을 핑계로 해결했으므로 이번에는 질기디 질긴 알러지를 퇴치해야 할 차례인 것입니다.

　북가주 봄 날씨답지 않게 세찬 바람에 꽃가루 날리던 3월의 어느 날, 목이 칼칼하더니만 미국산 알러지 안방에서 제철 맞은 듯 창궐하였습니다. 그나마 다행인 점은 약국 매대 가득 메우고 있는 알러지 릴리프, 팥알만 한 신약 한 알 복용하고 나니 그야말로 효과가 직방이네요. 완치? 좀 더 두고 볼 일입니다. 사십 년 고질이니까.

와라느씨 행 릭샤

세상살이 알 만큼 산 사람은
인도에 가 볼 일이다
모든 목숨이 똑같이 대접 받는 곳
짓밟혀도 신의 축복으로 받아들이며
모두가 더불어 행복한 곳
세상 모든 업보와의 만남
과거와 현재가 들끓는 도가니
팔억 사천의 신과 십일억의 인간이
어깨동무하고 동행하는 곳
살아 움직이는 것들의 삐걱댐과
온갖 냄새가 벌이는 축제
그때, 거짓말처럼
패랭이꽃 위에 내려앉는 먼지의 미소

머니꺼르니까 가트

삶처럼 굽이진 골목
애간장 타는 터널을 지나
종잇장처럼 구겨진 채
어머니 강, 갠지스를 더듬으며
붉게 물든 세상 속으로 간다

다가갈수록 는개 같은 연기 자욱하고
송장 태우는 냄새 비릿한데
세상의 끝은 아직 멀었는가
관망대 풍경에 얼빠진 여행자의
얄팍한 호주머니를 노리는 업보들이여

참 쓸쓸하게 화창한 가트의 오후

카르마[*]

그 여인과 처음 만나던 날
바람은 유혹처럼 살랑댔지요
사랑은 물결처럼 속삭였고요
지중해 연안 안탈랴에서
술을 마시며 노래를 불렀지요

파도는 저 혼자 중얼거리며
밀려왔다 밀려갔죠
하얀 포말을 머금은 모래알은
만났다 흩어지고 있었지요
아직 풀지 못한 업보가 있다고
다시 만나야 할 운명이 있다고

---

*Karma : 힌두교에서의 업보

카트만두

티벳과 히말라야 언저리
오랜만에 다시 찾은
성스러운 산들의 땅 네팔

중국과 인도 사이에 끼인 채
국운이 들끓던 왕정 시대 끝나고
민주정부 수립된 지 어언 십여 년

형제와 조카들 간 권력 다툼과
시위대 피 냄새 진동하던 왕궁은
박물관 되어 관광객을 맞고 있네

왕궁 앞 여행자 붐비던 타밀 거리
술잔 기울이던 선술집은
여전히 불 밝힌 채 객을 반겨주네

피에르 롯티 차이에비[*]

헤라의 눈을 피해
보스포루스 건너려는 님프 이오
제우스가 아지야데로 변신시켜
골든혼 깊숙한 언덕
공동묘지에 숨겨놓았다네

아뿔싸,
무시로 남편묘소 참배하던 아지야데
미청년 마도로스 피에르 롯티가
끊임없이 구애하자
애정에 굶주렸던 그녀는
사랑에 빠지고 말았다네

격노한 제우스
계략을 꾸며 가족의 손 빌어
아지야데를 명예죽임 시키자
슬픔에 겨운 피에르의 혼백
수백 년 동안 허공을 떠돌았다네

골든혼 붉은 석양에도
동트는 새벽의

맑은 이슬에도
피에르의 사랑과 슬픔은
아직도 남아 떠돌고 있다네

*차이에비 : 터키어로 찻집

4부
빙하의 한숨

집시 여인

세비야 대성당 나오는 길
아이 안고 구걸하는 집시 여인
우연히 눈 마주쳐
동전 찾아 주머니 뒤적였네

빈손으로 지나치는 순간
낌새 눈치 챈 집시 여인
아이 내팽개치고
쏜살같이 쫓아오네

하릴없이 지폐 건네는 순간
아내는 가재미눈으로 쳐다보고
돌아서는 집시 여인 머릿결
햇살 머금고 눈부시네

설국 기행

이베리아 반도 서쪽 끝
눈썹달은 세상의 불침번을 서고
질주하는 열차의 헤드라이트는
도깨비불처럼 벌판을 가르고
모스크바 발 뻬쩨르부르크 행
침대열차 '붉은 화살'을 타고
끝없이 펼쳐진 설원雪原을 지난다

베네치아 발 침대열차에서 맞은
체코 플쪤의 아침 이슬
북녘 땅 삼지연호텔 지나
백두산 천지 가면서 본 새벽 구름

까보다로카 가는 길
여명 속에서 휙휙 다가서는
장승 같은 가로수 대열
광활한 이베리아 반도를
일주일 동안 질주해오느라
심장까지 꽁꽁 얼어버린
침략군들을 물끄러미 바라보고 있다

안달루시아*

끝없이 펼쳐진 누런 구릉
한여름 뙤약볕 아래
코르크나무는 푸른데
풀들은 누렇다

9년마다
껍질이 홀랑 벗겨지는 나무
빠져나가는 수분을 벌충하기 위해
뿌리는 죽기 살기로 물을 빨아들인다

뿌리 얕은 풀들이
대속代贖 하는 평원
먼지만 푸석푸석
일다가 스러진다

---

*이베리아 반도에 있는 스페인 남부 지방. 전 세계 코르크의 90%가 이곳에서 생산되는데
9년마다 채취한다.

신들의 전쟁

산맥이 병풍처럼 드리워진 지중해
곧추선 바위의 깊은 상처
나무 나이테처럼 웅숭깊다
바다와 땅의 끊임없는 대치 끝에
결국 땅에 포획당한 바다는 본성을 잃고
파도 한 줄기 날리지 못하네
그 위 미끄러지듯 유영하는
배 포세이돈을 비웃듯
날카로운 비수 뿌려대는 아폴로
어서 빨리 잘 가라는
제피러스의 아련한 손길

이 모든 걸 흐뭇한 미소로 바라보는
어머니, 가이아

코렐리의 터키

　1,400년 전 흉노의 후예 돌궐족 천산산맥 고비사막 히말라야산맥 뚫고 흑해 넘어 거침없이 진군하여 한반도보다 서너 배 넓은 지중해의 비옥한 땅을 접수하였다

　800년 동안 이민족 핍박에 시달리다 영광의 제국 오스만 투르크를 세워 아시아 아프리카 유럽 무수한 나라들을 발아래 두고 위대함 온 세상에 떨쳤노라

　어느 날, 한 무리의 이방인 아시아 대륙 허위허위 넘어 거친 흑해 위 나래짓하다 에게해에서 숨 돌리고 이곳 이스탄불에 당도하였다

　그대들 조상의 무덤 앞에서 이방인은 경건히 머리 숙이며 오랑캐의 침탈에 맞서 스러져간 전설 속 영웅들을 추억하며 그들의 숭고한 희생을 기리노라

마추픽추

잉카 제국 수도 쿠스코에서
우르밤바 거쳐 오르락내리락
해발 2,500m 공중 도시 가는 길

야마* 닮은 목동은 고산지대를 횡단하고
잉카 후예의 삶을 조찰照察하러
이방인 무리는 안데스를 관통한다

허무가 빛나는 공중 도시
인디오 여인 그림자 속에
잉카 문명 흥망성쇠가 어른거린다

안데스 험산을 유영하는 잉카의 삶
지상에서 출렁이는 우리네 삶
한 하늘 아래 어우러지고 있었다

---

*낙타과의 포유류. 야생의 과나코를 가축화한 종으로 낙타와 비슷하나 키는 1~1.2m 몸
길이는 2~2.4m로 작다

비라코차[*]

오얀따이땀보 역 출발

우르밤바 강물 따라

북상하는 잉카 레일

1억 5천만 년 전 백악기에 솟아오른

안데스산맥 가장 낮은 곳에 이르러

암벽과 숲 깊어지더니

불쑥 솟아올라 생긴 신시神市 마추픽추

시근벌떡 당도하니

느닷없이 마른번개가

과거, 현재, 미래를 향하여

삼지창을 사정없이 내리 꽂는다

피사로, 인디애나 존스, 아바타

비라코차 영접 한번 흐뭇하게 좋았더라

---

[*]Viracocha : 잉카문명을 창조한 신

와카티푸[*]

새벽 여섯 시
좁고 긴 비취 호수
와카티푸를 달린다

이윽고 일곱 시
먼동 튼 남반구 하늘
후두둑 비가 뿌린다

아랑곳없이 풀을 뜯던
송아지 한 마리
호수 같은 눈빛으로 쳐다본다

너도 나처럼 혼자이구나
너도 어미를 떠나왔구나
물속처럼 고요하게 주고받는다

와카티푸는 바닥까지 맑았다

---

*뉴질랜드 남섬 퀸스타운에 있는 빙하호수

뮬러*

홀러내린 빙하의 한숨
적막 속에 응결되었다

얼음 맷돌로 석회암 갈아낸
콘크리트 빛깔 강물이 도도하다

하릴없이 녹아든 빙하는
푸카키 호수 물빛으로 환생했다

하늘 아래 첫 번째 호수
신묘하게 빛나는 스카이 밀키 블루

---

*뉴질랜드 남섬 아오라키 마운트쿡 국립공원에 있는 빙하호수

테 아나우*

테 아나우 호수 지역에 거주하던 마오리 부족의 제사장 집 뒤란에는 신비의 우물 있었다. 그 우물의 물을 마시면 불로장생하게 되는 비밀을 은밀히 간직한 채 제사장 홀로 장수했다. 넷째 부인이 죽자 추장의 천거로 다섯째 부인을 맞은 제사장은 젊은 부인에게 홀딱 빠져 우물의 비밀을 털어 놓았다.

제사장이 이웃 마을 분쟁을 해결하러 출타 중이던 어느 날, 제사장 부인은 남편의 신신당부를 어기고 애인에게 비밀을 귀띔하고 말았다. 빼앗긴 사랑을 되찾는데 눈이 먼 그 총각은 추장에게 비밀을 고자질하고, 배신감에 분기탱천한 추장은 우물을 폭파하고 말았다. 그러자 어마어마한 물기둥이 솟구쳐서 부족민은 모두 익사하고 마을은 평화로운 호수가 되었다. 호수에 잠긴 우물에선 지금도 화풀이하듯 맑은 물이 콸콸 솟구치고 있단다.

실연의 아픔과 파약의 분노를 지닌 채 제사장은 피오르드 국립공원 스틸링 폭포에 투신하여 생을 마감했다. 제사장의 영험 덕분인지, 실연의 분노 덕택인지, 지금도 폭포수를 맞으면 10년이 젊어진다나, 어쩐다나. 아으 다롱디리!

---

*뉴질랜드 남섬에서 가장 큰 호수

록키산맥

파랑 물감을 푼 호수
암반 틈새 만년설
100℃를 웃도는 일교차
주름 패여 연로한 신작로

빙하의 호수를 향해
산맥은 하릴없이 계곡을 허여하고
유유자적 한가로운 흰 구름
울퉁불퉁한 바위 기세에 눌려
흠칫, 봉우리 뒤로 숨는다

빙하는 호수를 낳고
호수는 나무를 기르는데
나는 집에서 너무 멀리 왔구나
내 삶에서 멀리 떠나 왔구나

셀주크 투르크

미풍에 춤추는 대나무는 남았어도
영원을 노래하는 시냇물도
사랑을 지저귀는 종달새도
가뭇없이 사라진
터키의 중부 아나톨리아 고원
셀주크 투르크 유적지

스스로 낡아버린 콘크리트 더미 속
우후죽순처럼 솟아
울부짖는 누리장나무 밑
은신하던 달팽이와 지렁이는
태양이 작열하는 이 건기에
오호라, 어디로 피신했을까

밴프에서 재스퍼까지

좌익은 암석이 빙하와 결투하는 동안
우익은 양지 틈에 원시림을 살찌운다

그 가운데 억만년 전투의 원한 서린
시퍼런 비췻빛 눈동자의 호수

그 호숫가 꽃밭에
흰 나비 한 마리 팔랑거린다

서로 으르렁대거나 말거나
서로 눈을 부라리거나 말거나

혼자서 초연하다
어찌 이다지도 세상일과 똑같은가

어둠 사르는 등불이여
—순창신문 재창간을 기념하며

호남의 금강이라는
강천산 청정 계곡
우리 역사의 소용돌이마다
민족정기 옹골차게 떨쳤던
회문산 자락
순박하고 야무진 사람들이
서로 등 기대고 옹기종기 모여 사는
이곳 옥천골 순창 사람들아
아시는가!
우리가 얼마나 훌륭한 선조의 후예인 줄

그 자랑스런 얼 사해에 펼치고자
1991년 9월 7일
결연히 일어난 마음으로
우리의 눈, 귀, 입이 되리라
천명하고 나선 「순창신문」이었다

어찌 첫술에 배부르랴
마음 앞선 탓에 비척, 비척거렸더라
마침내 새천년 첫날
다시 곧추선 「순창신문」이여!

이제 그대
목숨 걸고 불의에 맞선 우리네 조상처럼
하늘 뜻 그대로 전하는 전령이 되어라
착한 손, 밝은 귀, 맑은 눈 되어
옳은 일은 방방곡곡에 전하되
불의에는 날선 비수가 되어라

애오라지 「순창신문」이여!
고추장 비벼 감칠맛 내듯
기쁨도 슬픔도 서로 나누고
경향 각지 흩어진 십만여 순창 사람
애향의 마음 한데 모아
어둠 사르는 등불이 되고
침묵 깨는 우레가 되어
이 겨레 하나로 묶는 선봉이 되어라

숭고를 향한 시적 에피파니

문신(시인, 우석대 교수)

1. 삶의 정오

몇 해 전 봄날이었을 것이다. 나는 그가 근무하는 대학 교정에서 꽤 오랫동안 사적인 이야기를 나눈 적 있었다. 그때 그는 무슨 일인가로 제법 상심해 있었고, 목소리에는 어떤 결기 같은 것이 단단하게 박혀 있었다. 그는 유년시절의 가난과 어머니에 대해 그리고 공부를 하게 된 내력과 외국 유학 생활에 관해 이야기했다. 그의 이야기를 들으면서 나는 그의 내면에 꿈틀거리는 시인의 충동을 읽어냈다. 나는 그의 시집 『추억의 노래』, 『정직한 빵집 캐럴』 등을 통해 그의 시적 성취를 알고 있었지만, 그의 시적 진심을 육성으로 듣기는 처음이었다. 그 순간 나는 그의 시집 『추억의 노래』(황토, 1990)에 실려 있는 시 구절을 떠올렸던 것 같다. "진달래 바람처럼/개나리 안개처럼/신새벽 산길의 이슬처럼/언제나 나를 무심코 감동시키는/우리 어머니"(「우리 어머니」)라고 노래하는 이가 시인이 아니라면 누구란 말인가?

그날 이후 나는 그의 시적 비밀을 공유하게 되었고, 어떤 간절함으로 그를 신형식 '시인'으로 부르고 싶어졌다. 물론 그는 탁월한 연구 성과를 인정받아 과학기술포장을 받은 공학자이면서 후학 양성에도 심혈을 기울여 한국화학공학회에서 수여하는 형당교육상을 수상한 교육자였다. 그러나 그는 나 같은 후배 시인들과도 스스럼없이 어울릴 줄 알았고 또 사랑을 베푸는 데 주저하지 않았다. 그럴 때 그는 학자도 아니고 교수도 아니었다. 그는 스스로의 '격'을 해체하고 후배들의 '격' 안으로 스스럼없이 들어올 줄 아는 시인이었다. 동료 및 선후배 작가들이 '참고운상'의 첫 번째 수상자로 그를 선정한 것도 스스로 감동할 줄 알고 다른 사람들에게 그 감동을 전달할 줄 아는 그의 인간적 면모를 존경했기 때문이었다. 그런 까닭에 이번 시집 『쓸쓸하게 화창한 오후』에서 "패랭이꽃 위에 내려앉는 먼지의 미소"(「와라느씨 행 릭샤」)를 보아낼 줄 아는 그를 시인이라고 부르지 않을 도리가 없다. 마찬가지로 들판에서 풀을 뜯는 송아지를 보면서 "너도 나처럼 혼자이구나"(「와카티푸」)라고 공감할 줄 아는 그에게 신은 마땅히 시인이라는 이름으로 호명해줄 것임에 틀림없다. 시인이란 보잘 것 없는 '먼지'에서도 '미소'를 발견할 줄 아는 안목을 지녔고, 외로움의 기원과 온몸으로 닿아 있는 존재이기 때문이다.

시집 『쓸쓸하게 화창한 오후』에서 신형식 시인은 삶의 우여곡절에서 만나는 미묘한 감정의 틈새를 적확하게 파고든다. 그리고 우리의 기억이 삶을 좀 더 외로운 쪽으로 이끌어온 지난한 발자국임을 일깨워준다. 그러한 깨달음은 우리의 일상이 아주 사소한 순간으로 휘발해버리는 것처럼 돌아서면 잊어버리는 것들이지만, 우리가 지나간 자리에서 우리의 일상이 "이팝나무

서리서리 꽃송이/아스팔트 위로/집단 투신한 뒤/표창처럼 나를 노리고 있다"(「이팝나무」)는 것을 우리는 또한 안다. 해질 무렵, 우리의 등이 서늘해지거나 목덜미가 시큰거리는 경우가 있다면 그건 우리의 지나온 삶이 "표창처럼" 우리의 기억을 겨누고 있다는 뜻이다. 인간의 영혼은 바로 그 순간에 가장 고양되는데, 그 지점에서 시를 포함한 모든 인간의 예술이 탄생한다.

모든 게 불안하던 시절
청춘의 뒤안길에서 우연처럼 만나
슬금슬금 흉금을 주고받다
꿈결처럼 사라진 그대

알 수 없는 안개처럼 다가왔다
무중력 상태로 증발해버린 그 시절
기억할 수 없는 꿈같은 날들은
안개비였던가 는개였던가

아리잠직한 봄밤의 꿈처럼
방향을 가늠할 수 없었지만
차라리 생을 관통하는 세찬 빗줄기였다면
지금 행복하다 말할 수 있을까

는개, 그대여

「는개」 전문

인간의 영혼이 가장 고양된 순간은 태양이 하루의 정점에 도달한 순간과 같다. 발터 벤야민은 이 순간을 '삶의 정오'라고 표현하는데, 이때가 인식의 왜곡됨 없이 자기 존재의 윤곽을 정확하게 그려낼 수 있는 유일한 순간이다. '삶의 정오'에는 삶의 범주를 벗어나 파생되는 그림자가 없기 때문이다. 우리 삶의 비밀은 세상을 향해 드리워졌다가도 정오가 되면 자기 존재의 영혼으로 회귀한다. 그렇다면 아침저녁으로 먼 지평선까지 내달았던 우리 삶의 그림자가 정오에 맞춰 복귀했을 때, 우리의 영혼에서는 무슨 일이 벌어지는 걸까? 신형식 시인에 따르면 '삶의 정오'가 되면 우리의 삶은 "무중력 상태로 증발해버린"다. 그런데 더 중요한 것은 삶의 그림자들이 정오의 자기 존재로 귀환하는 것 자체가 이미 "알 수 없는 안개처럼" 모호하거나 불투명하다는 사실이다. 이러한 인식이 특별한 것은 아니지만, 이러한 상황을 마주하고 있는 신형식 시인의 태도는 조금 남다른 면이 있다. 그는 우리의 삶이 본질적으로 "불안"할 수밖에 없다는 진리 앞에서 "생을 관통하는 세찬 빗줄기"를 상상해낼 줄 안다. 이러한 상상이 중요한 이유는 불안으로 음울했던 "청춘의 뒤안길"을 "는개"로 치환하면서, '는개'를 '삶의 정오'에서 맞닥뜨린 자기 자신의 고양된 영혼으로 받아들이기 때문이다. 누구보다 명징해야 할 시적 인식을 모호한 상태로 놓아둘 줄 아는 것은 신형식 시인이 삶을 총체적으로 파악할 줄 안다는 뜻이다. "내 사는 것도 이와 같으니/떠난 만큼 돌아오고/빠진 만큼 채워졌다/그 사이 통증처럼 시간이 흘렀다"(「손톱 달」) 같은 시적 인식이 그것을 입증한다. 여기서 말하는 '통증'처럼 흘러간 '시간'은 「는개」에서 '청춘의 뒤안길'에 해당할 것이고, 그러한 시간을 현재에 소환하는 것은 기억 인자를 구성 요소로 삼고 있는 서정시의 몫이 될 것이다.

2. '찰察'의 미학

기억의 미학을 다루는 서정시는 두 가지를 중요하게 살핀다. 하나는 통찰이고 다른 하나는 성찰이다. 통찰이 시대와 역사에 대한 시인의 총체적 전망이라고 한다면, 성찰은 새롭게 발견해 낸 인식론적 세계를 말한다. 물론 통찰과 성찰에 앞서 시인은 일상을 관찰하고 해찰하는 것을 즐긴다. 이렇게 본다면 서정시의 유전 형질 가운데 하나가 '찰察'임을 부정할 수 없다. '찰'이 어떤 사물이나 정황을 자세히 살피거나 따져 물어 드러내는 일이라는 점에서 서정시는 질문을 던지는 장르이자 독자를 인지적·정서적 곤경으로 몰아가는 예술에 해당한다. 신형식 시인은 공학자적 감각을 발휘함으로써 '찰'의 한 경지에 도달한다.

소싯적 그믐날 초저녁
작은누나랑 보건소 가는 길에
신작로를 지나가는 불 작대기 보았다
이튿날 그 불이 아랫동네 죽은 노인의
혼불임을 알았다

그렇다

빛(c)은 항상 무언가(m)의 소멸로 비롯되므로

빛 뒤엔 무無

빛이 비치는 온 공간에

에너지(E)는 보존돼야 하므로

무언가 소멸된 빛의 존재를 증명하기 위해

또 한 장의 빛이 필요함을

일석 공公은 이백 년 전 알아채서

세상을 밝혔고

나는 그저 혼비백산하고 말았다

「E=mc^2」 전문

이 시에서 "일석 공公"은 아인슈타인Albert Einstein을 말한다. 아인슈타인이 독일어로 '하나'를 뜻하는 Eins와 돌멩이를 뜻하는 Stein의 결합인 것을 한자어 '일석一石'으로 재치 있게 옮겨왔다. 그러나 문제는 '아인슈타인'과 '일석'을 동일 인물이라고 볼 수 있느냐이다. 이 시에 따르면, 아인슈타인과 일석은 동일한 인물이 될 수 없다. "빛(c)은 항상 무언가(m)의 소멸로 비롯되므로/빛 뒤엔 무無"일 뿐이다. 이 명제에 따르면 '일석 공'의 존재는 '아인슈타인'의 소멸을 전제해야 한다. 그럼에도 "빛이 비치는 온 공간에/에너지(E)는 보존돼야 하므로" 이 시에 아인슈타인의 존재(에너지/E)가 드러나려면 "무언가 소멸된 빛의 존재를 증명하기 위해/또 한 장의 빛이 필요"하다는 명제처럼, 또 한 명의 '일석 공'이 필요해진다. 정치한 물리법칙을 비유적인 시적 논리에 빗대는 일에 다소간의 억지가 개입할 수밖에 없지만, 아인슈타인의 명제는 이 시의 1연을 해명하기 위해 필연적으로 거쳐야 할 과정이다. 이 시는 1연과 2~4연, 그리고 마지막 5연이 각각 문제의 발견, 문제 해결에 필요한 방법론, 문제 풀이의 결과처럼 읽히기 때문이다.

1연의 내용은 "불 작대기"를 목격한 일이 "노인"의 죽음과 긴밀하게 연관되며, 누군가의 육체적 죽음이 "혼불"을 통해 존재론적으로 전환되는 것을 발견한다. 이렇게 비의로 가득한 삶-죽음의 세계를 어떻게 해명할 것인가에 대해 2~4연에 걸쳐 아인슈타인의 법칙을 방법론으로 제시한다. 이는 계몽주의 이후 이성의 권위를 통해 세계에 질서를 부여해 온 근대적 사유를 반영한 것이자, 산술적으로 계량화된 척도를 통해 계량되지 않는 생명 현상의 분석을 시도하는 일이다. 따라서 결과는 이 시에 나와 있는 것처럼 "혼비백산"으로 귀결될 수밖에 없다. 삶-죽음의 존재론적 위상 변화는 물리법칙으로 관찰되거나 측정될 성질이 아니기 때문이다. 신형식 시인이 이러한 위험을 무릅쓰면서도 이 시를 쓴 것은 다른 의도를 증명하기 위해서다. 그는 첨단에 이른 근대 과학으로도 해명할 수 없는 세계가 존재하는 것을 인정하면서 그러한 세계의 비밀을 폭로하는 일에 시적 언어의 힘이 동원되어야 한다고 믿는다. 알다시피 시적 언어는 관찰로부터 증명되는 것이 아니라 통찰과 성찰을 지향하기 때문이다. 이러한 점에서 신형식 시인은 하나의 존재가 증명되기 위해서는 그 존재의 총합을 초과하는 모종의 숨겨진 존재가 있음을 인정한다. "죽은 노인"이 증명되기 위해서는 그의 육체의 존재론과 또 하나의 존재론인 영혼의 "혼불"이 필요하다는 것이다.

이렇게 신형식 시인의 시가 관찰하기로부터 통찰에 줄곧 도달할 수 있는 것은 그가 다층의 시선과 소통하기를 즐기기 때문이다. 그는 포착할 수 있는 모든 종류의 시선과 눈 맞출 줄 안다.

세비야 대성당 나오는 길

아이 안고 구걸하는 집시 여인

우연히 눈 마주쳐

동전 찾아 주머니 뒤적였네

빈손으로 지나치는 순간

낌새 눈치 챈 집시 여인

아이 내팽개치고

쏜살같이 쫓아오네

하릴없이 지폐 건네는 순간

아내는 가재미눈으로 쳐다보고

돌아서는 집시 여인 머릿결

햇살 머금고 눈부시네

「집시 여인」 전문

이 시에는 '눈'이 네 번 나온다. "우연히 눈 마주쳐" "낌새 눈치 챈 집시 여인" "아내는 가재미눈으로 쳐다보고" "햇살 머금고 눈부시네"가 그것들이다. 그러면서도 '눈'은 모두 다른 의도와 의미와 욕망을 감추고 있다. 1연에서 우연히 마주친 '눈'은 화자와 "집시 여인"의 존재론적 만남을 성취시키는 눈이다. 이 만남을 통해 두 존재는 서로의 삶과 질서 속으로 침투해 가고, 그럼으로써 그동안 존재하지 않았던 두 사람만의 세계를 최초로 형성하게 된다. 이렇게 서로의 눈은 서로를 관찰하는 주체가 되어 모종의 '낌새'를 탐색해 들어간다. 그것은 '눈'이 외적 형상을 인지하는 것이 아니라 서로의 내면까지 투사해 들어가는 힘이 있다는 뜻이다. 눈의 그러한 속성 때문에 모든 관찰은 관찰로 끝나지 않고 통찰과 성찰에 도달할 수 있다. 이렇게 '눈'이 서로를 향해 투사해갈 때 '아내'의 '가재미눈'이 새롭게 얽혀 들면서 이 시는 '눈의 서사'를 구축한다. 화자의 눈에서 촉발된 시적 사건이 집시 여인의 눈을 거쳐 아내의 눈과 얽히면서 이 시는 변증법적으로 눈과 눈이 서로를 부정하는 형식으로 전개된다. 따라서 이 시는 시선의 일방적 폭력이 전개되는 양상을 드라마틱하게 보여주는데 성공한 것처럼 보인다.

그러나 이 시의 본질은 시선의 폭력성에 있지 않다. 신형식 시인이 관찰에 능하고 관찰로부터 통찰과 성찰에 줄곧 도달해왔다는 점을 잊어서는 안 된다. 이 시에서도 세 번째까지의 '눈'이 서로가 서로를 탐색하는 관찰의 형식을 띠는 반면, 마지막 '눈'은 통찰에 가깝다. 지금까지 서로 얽혀 있던 시선은 "돌아서는 집시 여인"을 통해 관계가 해소되고, '눈'의 주체가 돌아섬으로써 서로를 향한 관찰이 일방적인 파국을 맞이하게 된다. "눈 마주"쳤던 집시 여인이 "지폐"를 얻음으로써 관찰하고 탐색하는 눈의 역할이 종료되었기 때문이다. 따라서 "돌아서는 집시 여인 머릿결/햇살 머금고 눈부시네"라고 할 때의 '눈'은 관찰의 영역이 아니라 통찰 영역의 일이 된다. 그리하여 통찰의 '눈'이 발견해낸 것은 밝은 햇살 아래 빛나는 존재의 아름다움이다. 이러한 통찰의 아름다움은 신형식 시인의 시론과 맥이 닿아 있다. 신형식 시인은 "거창한 철학은 없지만 세상을 아름답게 하는 시//실의에 빠진 이들에게 구명정 같은 시//칠흑 같은 밤 한 줄기 등불 같은 시//핍박 받는 이들에게 따뜻한 위로가 되는 시"(「내가 쓰는 시」)를 써오고 있기 때문이다.

3. 숭고한 존재들

신형식 시인이 낯선 존재들의 응시에 관심을 두는 것은 인간의 삶이 "일생 동안 딱 한번/기회를 잡기 위해/가없는 기다림 끝에/목놓아 울다가/떠나가는 생명"(「매미」)과 다르지 않다는 사실을 알고 있기 때문이다. 그에 따르면 모든 존재는 존재를 부르는 운명으로 태어난다. 우리의 눈이 외부를 향해 열려 있고, 우리의 목소리가 내부로부터 외부로 파열될 수밖에 없는 것은 다른 존재를 찾아서 목청껏 이름을 불러 온 진화론적 증거들의 신체화이다. 신형식 시인은 시 「매미」에서 서로를 호명하는 일을 두고 "자지러지는 숭고함"이라고 규정하면서 숭고함의 한 양상이 "나무와 바람이 서로 껴안고/밤새 흐느끼는"(「지리산 칼바람」) 것과 같다는 점을 강조한다. 서로 껴안음으로써 존재는 서로의 체온과 감정을 나눌 수 있고, 그렇게 서로의 존재를 긍정하고 인정하고 수용함으로써 보다 높은 차원의 인격과 영혼에 도달할 수 있다는 것이다. 이렇게 낯선 존재와 하나가 되기 위해 자기를 배경으로 두고 상대를 전경화하고 고양시켜주는 일은 숭고가 놓여 있는 하나의 영역이다.

이번 시집에 실린 여행 경험 시들은 낯선 존재와의 만남 속에서 발생하는 '자지러지는 숭고함'의 몇몇 양상들을 탁월하게 보여준다. "청천강이 제 속살을 숨김없이 보여주고 있었다. (…중략…) 그렇다! 여기는 우리 땅이다.//나는 세월을 거슬러 30년 전 내 고향 언저리에 와 있다."(「청천강」)라고 할 때, 북한 땅 "청천강"과 조우한 화자는 "30년 전 내 고향"을 환기해낸다. 이때 청천강의 물리적 질량이 화자의 심리적 질량과 반응하여 얻어낸 고향의 질량은 크게 다르지 않다. 그러나 "여기는 우리 땅"이라는 통찰의 순간에 이르면 청천강의 물리적 질량과 화자의 심리적 질량을 뛰어넘어 정서적·역사적·민족적 질량을 확보하게 된다. 신형식 시인의 여행시에는 이와 같은 숭고의 경지에서 포착할 수 있는 에피파니가 드물지 않게 발견된다.

새벽 여섯 시
좁고 긴 비취 호수
와카티푸를 달린다

이윽고 일곱 시
먼동 튼 남반구 하늘
후두둑 비가 뿌린다

아랑곳없이 풀을 뜯던
송아지 한 마리
호수 같은 눈빛으로 쳐다본다

너도 나처럼 혼자이구나
너도 어미를 떠나왔구나
물속처럼 고요하게 주고받는다

와카티푸는 바닥까지 맑았다

「와카티푸」 전문

시 제목으로 삼은 '와카티푸'는 뉴질랜드 남섬 퀸스타운에 있는 빙하 호수이다. 이곳에서 신형식 시인은 "송아지 한 마리"를 만났다. "후두둑 비가 뿌"리고 있는 풀밭에서 송아지는 그런 것쯤은 "아랑곳없이 풀을 뜯"고 있다. 여기까지는 이국적 분위기를 자아내는 자연의 아름다움을 이야기하는 것 같다. 그러나 "너도 나처럼 혼자이구나/너도 어미를 떠나왔구나"에 이르면 이 시의 화법은 돌변한다. 송아지가 신형식 시인의 삶과 의식이 투영되어 있는 존재로 읽힌다는 점이 첫째 이유이고, 빙하 호수인 '와카티푸'가 자신의 모습을 왜곡 없이 들여

다볼 수 있는 최적의 장소라는 점이 두 번째 근거가 된다. 이곳에서 "혼자"가 된 신형식 시인은 어쩌면 생애 최초의 경험처럼 "호수 같은 눈빛으로" 온전하게 자신의 모습을 응시하게 된다. 그리하여 호수에 비친 자신의 모습이 "물속처럼 고요하"고 "바닥까지 맑"다는 사실을 발견한다. 신형식 시인은 낯선 "남반구 하늘" 아래에 와서야 비로소 자신의 내면과 정면으로 마주하게 된 것이다.

따라서 신형식 시인이 여행을 다녀온 북한, 인도, 파라과이 곳곳은 '와카티푸'의 변형된 장소에 다름 아니다. 그의 여행은 자아 찾기와 존재 발견의 과정이며, 일상에서 숭고한 순간을 탐지하고 그 순간을 시적인 경지로 끌어올리는 도정이다. 그가 "삶처럼 굽어진 골목/애간장 타는 터널을 지나/종잇장처럼 구겨진 채/어머니 강, 갠지스를 더듬으며/붉게 물든 세상 속으로 간다"(「머니꺼르니까 가트」)라고 할 때라든가, "골든혼 붉은 석양에도/동트는 새벽의/맑은 이슬에도/피에르의 사랑과 슬픔은/아직도 남아 떠돌고 있다네"(「피에르 롯티 차이에비」)라고 할 때, 그의 여행은 일상의 '먼지'들을 쌓아 올린 존재의 역사를 탐색하는 구도적 과정의 한 전형에 해당한다. 그리하여 마침내 "안데스 험산을 유영하는 잉카의 삶/지상에서 출렁이는 우리네 삶/한 하늘 아래 어우러지고 있었다"(「마추픽추」)는 깨달음에 닿는다. 이러한 깨달음의 심층에는 존재와 존재 사이에는 "아직 풀지 못한 업보가 있다고/다시 만나야 할 운명이 있다"(「카르마」)는 믿음이 자리하고 있다. 이렇게 존재와 존재의 어울림을 통해 운명을 실현하는 것은, 칸트가 숭고한 것이란 생각만으로도 모든 법칙을 초과해버리는 마음의 능력이라고 말한 바로서, 본질적으로 숭고한 일이 된다.

신형식 시인의 시집 『쓸쓸하게 화창한 오후』에서 숭고를 향한 시적 에피파니를 발견할 수 있는 것은 그가 인간의 삶을 기본적으로 '쓸쓸하게' 바라보고 있기 때문이다. 이 쓸쓸함의 기원은 인간이 자기 의지와 무관하게 세상에 툭 내던져졌다는 데 있다. 키르케고르는 이러한 인간을 두고 '단독자'라고 했다. 그가 말하는 단독자는 절망 속에서 자신의 실존적 상황을 인식할 줄 알고, 절대적인 세계의 질서에 도전할 수 있는 존재다. 이렇게 단독자는 "초저녁 쓸쓸함을 새기는 소쩍새 울음소리"(「소리」)처럼 주체적이고 개별적 존재인 까닭에 외롭고 쓸쓸할 수밖에 없다. 외롭고 쓸쓸한 존재들은 "어루만져야 할 상처"(「장대높이뛰기」)가 많다. 시인은 그러한 상처를 발견할 줄 알아야 하고, 나아가 서로의 상처에 따뜻한 위로를 줄 수 있어야 한다. 신형식 시인은 일상에 발을 딛고 사는 인간 존재의 이러한 쓸쓸함을 응시할 줄 안다. 그리고 그의 시는 인간 존재의 쓸쓸함에서 마침내 숭고한 영혼처럼 피어나는 '화창한'시간을 미리 읽어낼 줄 안다. 그런 의미에서 시집 『쓸쓸하게 화창한 오후』는 시인 신형식의 존재론적 집이라고 할 수 있을 것이다.

시인 신형식

전북 순창淳昌에서 태어났다. 서울대학교 공대 화학공학과를 졸업하고 1984년 미국 코넬대 대학원에서 박사학위를 받았다. 한국원자력연구원을 거쳐 1988년부터 전북대학교 화학공학부 교수로 재직하고 있다. 미국 MIT와 UC버클리에서 각각 연구교수와 방문교수를 지냈고, 한국연구재단 기초연구본부 단장을 맡은 바 있다. 2019년부터 대학을 휴직하고 한국기초과학지원연구원 원장으로 일하고 있다. 한국공학한림원 회원이며 세계 3대 인명사전으로 꼽히는 미국 '마르퀴즈 후즈 후(Marquis Who's Who in the World)', 영국 케임브리지 국제인명센터(IBC), 미국 인명정보기관(ABI)에 모두 등재되어 있다. 한국작가회의 회원으로 전북민예총 회장을 역임했고, 저서로 시집『빈들의 소리』,『추억의 노래』,『정직한 캐럴 빵집』, 산문집『무공해가 힘이다』외 전공 관련 편저서 다수가 있다.

쓸쓸하게 화창한 오후

1판 1쇄 펴낸 날 2019년 10월 11일
1판 2쇄 펴낸 날 2019년 11월 18일

지은이 신형식
펴낸이 김완준

펴낸곳 모악

기획위원 문태준, 손택수, 박성우
출판등록 2016년 1월 21일 제2016-000004호
주소 전북 전주시 덕진구 기린대로 418 전북일보사 6층 (우)54931
전화 063-276-8601
팩스 063-276-8602
이메일 moakbooks@daum.net

ISBN 979-11-88071-21-0 03810

* 이 도서의 국립중앙도서관 출판예정도서목록(CIP)은 서지정보유통지원시스템 홈페이지 (http://seoji.nl.go.kr)와 국가자료공동목록시스템(http://www.nl.go.kr/kolisnet)에서 이용하실 수 있습니다.(CIP제어번호: CIP2019036845)
* 이 책의 내용을 재사용하려면 모악의 서면 동의를 받아야 합니다.

값 10,000원